尹东柱 著　　全勇先 全明兰 译

数星星的夜

尹东柱的诗

江苏凤凰文艺出版社
JIANGSU PHOENIX LITERATURE AND ART PUBLISHING

图书在版编目（CIP）数据

数星星的夜：尹东柱的诗 / 尹东柱著；全勇先，全明兰译. — 南京：江苏凤凰文艺出版社，2021.5

ISBN 978-7-5594-5539-0

Ⅰ. ①数… Ⅱ. ①尹… ②全… ③全… Ⅲ. ①诗集—中国—现代 Ⅳ. ①I226

中国版本图书馆CIP数据核字（2020）第258346号

数星星的夜：尹东柱的诗

尹东柱　著　　全勇先　全明兰　译

责任编辑　孙金荣
特约编辑　未　生
责任校对　孔智敏
出版统筹　孙小野
出版发行　江苏凤凰文艺出版社
　　　　　南京市中央路165号，邮编：210009
网　　址　http://www.jswenyi.com
印　　刷　河北鹏润印刷有限公司
开　　本　880毫米×1230毫米　1/32
印　　张　6.25
字　　数　88千字
版　　次　2021年5月第1版
印　　次　2021年5月第1次印刷
书　　号　ISBN 978-7-5594-5539-0
定　　价　68.00元

尹东柱

（1917—1945）

作者简介

尹东柱（윤동주，1917—1945）｜诗人，1917年12月30日生于中国吉林延边和龙县明东村（今龙井市智新镇明东村），从小就展现出了诗歌天赋。曾就读于明东小学、恩真中学、平壤崇实中学。1938年考入汉城延禧专门学校文科院就读，毕业后于1942年不得已以“平沼东柱”的名字赴日留学，先后进入东京立教大学和京都同志社大学学习。1943年，被日本警察以涉嫌讨论“独立运动”的罪名逮捕入狱，关押在九州的福冈监狱，在狱中遭遇了残酷的人体实验，不幸于1945年2月16日离世，年仅27岁。

尹东柱是一位极尽纯粹、美好、真诚的诗人，他的诗克制而又暗含激情，天真而又富有深意，谦逊而又充满个性，这与他所处的时代息息相关。

译者序

全勇先

1995 年，我去长白山杂志社，带回家一本朝文版的杂志。妈妈说上面介绍了一位用朝鲜语写作的诗人尹东柱。他 1917 年生于中国延边龙井，因在日本留学期间有参与朝鲜独立运动的倾向被逮捕。1945 年二战结束前，死于日本监狱中，时年 27 岁。我不认识朝鲜文，但能听懂一些朝鲜话，就让妈妈读诗给我听。朝鲜语特有的饱满情感和那些朴素的诗句震撼了我。难以想象在那个恐怖年代，还有这样一位了不起的诗人。

2015 年，我去延边领檀君文学奖。在母亲去世十周年的那一天，我站在了龙井一家大礼堂的领奖台上。我想起这是诗人尹东柱的故乡，是他出生、成长和长眠的地方。我感觉到灵魂深处有一种东西被撞击、被召唤。冥冥之中，有种因缘在聚齐……

2020年初冬，一个暖洋洋的下午，太阳照在中国北方的山河大地，照在每个人身上。我在想，墓里长眠的尹东柱到底是怎样一个人，有着怎样的一颗灵魂才能写下那样的诗句？那些慢慢风化的美丽白骨，那些永远也数不清的星星，那些面对上天心无愧疚的情愫，那些“握住手就知道，都是善良的人，都是善良的人啊”的温存。那绿锈斑斑的铜镜、埋着他名字的野山坡、没有门牌的街道、异国的雨夜和离别的站台……这些脑海中的诗意如此具体，让我仿佛亲临那个没有生活过的年代。

我在想，是什么给了我勇气去翻译这样的诗？还拉上了我的姐姐。我们没有在朝鲜族学校读过一天书，说着磕磕绊绊的朝鲜语，却还要坚持把他的作品推介给这个星球上六分之一的人群。这种使命感来自何处？

夕阳下，远处的海兰江蜿蜒曲折，闪闪发光。大地呈现出五彩的颜色。我和尹东柱研究会的会长、朝鲜文作家金革先生在江边饮酒长谈关于诗人的话题，聊到最后突然无语。海兰江静静地流淌着，岁月一样无声无息。天地间，一条河是什么时候产生的？它为什么流淌？它又什么时候消失？

这位长眠在此的诗人，他和我有着什么样宿世的缘分，就这样把我人生中最珍贵的一些东西连接到了一起？

我要在阳光下抬头仰望，那是曾经让诗人心无愧疚的蓝天。我也要在深夜里抬头仰望，那些被诗人数过的星星，哪一颗是他的妈妈，哪一颗是他的姐姐或弟弟，哪一颗是他养过的兔子，哪一颗是雅姆或里尔克？

我要呼吸诗人故乡清爽的空气。看到他诗歌中提及的山川大地，想象他们那个时代穿着学生服的年轻人背包远行的样子。他们生来就深邃，他们肩负着更沉重的东西。他们和我们到底有什么相似，又有什么不同?

山河大地，日月星辰，因为诗人而美丽。

目录

另一个故乡

数星星的夜

爱情的殿堂

自画像

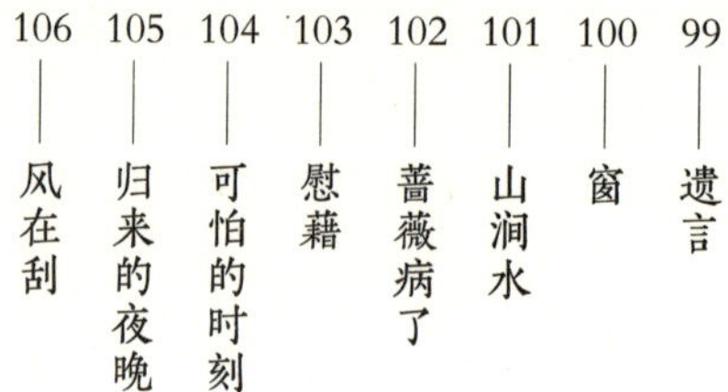

月亮的碎片

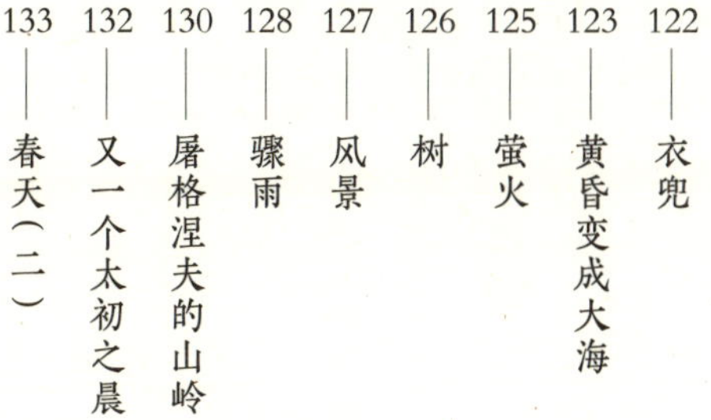

附录·浮事

另一个故乡

另一个故乡

回到故乡的那个夜晚
我的白骨跟着我
在同一间房子里　躺下

黑暗的屋顶通向宇宙
风像天籁一样
是从天上吹来的吧

风吹过来了
黑暗中端详着
我慢慢风化的美丽白骨
眼泪忍不住流了下来
是我在哭吗
还是我的白骨在哭
还是美丽的灵魂在哭？

志向高远的狗

向着黑暗彻夜吠叫

向着黑暗吠叫的狗啊

应该是在撵我离开

走吧走吧

像被驱赶被放逐的人一样离开

瞒着我的白骨

去另一个美好故乡

1941 年 9 月

十字架

一直追逐而来的阳光
此刻　在教堂顶端的十字架上
高悬

尖塔那般高耸
怎么才可以攀爬上去?

钟声还没有传来呢
那就吹着口哨游荡吧

历经苦难的流浪者啊
如果能像耶稣基督那样
幸福地得到
十字架的允诺

垂下头颅

让鲜血像绽放的花朵一样

在夜色渐深的天空下

静静滴淌

1941 年 5 月 31 日

序诗[1]

直到死亡那一刻
让我仰望天空
心中没有丝毫愧疚
树叶上轻轻拂过的风
也使我心痛
我是要以赞美星星的心
去爱正在死去的一切
去走指定给我的道路

今夜　风依然掠过星星

1941 年 11 月 20 日

1　这首诗原名为무제，即“无题”。——编者注

故乡的家

——在满洲[1]写下的

拖着旧草鞋

我为什么来到这里?

蹚过豆满江[2]

来到这凄冷之地

那南方的天空下

是我温暖的故乡

我妈妈生活的地方

牵念着的故乡的家

1936 年 1 月 6 日

1 历史地理名词，范围为现今中国的辽宁省、吉林省、黑龙江省及内蒙古东北部地区。——编者注

2 即图们江。——编者注

一支烛

一支烛——
在我的房间弥漫芬芳

光明的祭坛坍塌之前
我看到了洁净的祭品

山羊肋骨般的躯体
连同它命根一样的烛芯
白玉似的泪水和血
流淌并燃烧

即便如此　仍在桌上
闪动的火苗
如同仙女在舞蹈

像看到老鹰的野鸡一样

黑暗从窗洞逃走

我在散发着香气的房间里

闻到祭品伟大的芬芳

1934 年 12 月 24 日

胸膛（二）

晚秋的蝉
裹在树林里
因恐惧而颤抖

明月欢颜的念想
正在逃走

1935年3月25日

胸膛（一）

无声的鼓

郁闷的时候

用拳头去击打吧

即便如此

呼——

还不如一声

轻轻的叹息

1936 年 3 月 25 日于平壤

黄 昏

阳光挤进拉门的缝隙
长长的“一”字 写下又抹去

乌鸦群从屋顶
两只 两只 三只 四只不断飞过
或疾飞如风
或慢慢滑翔
朝着北方的天空

我呀
也想在北方的天空 张开翅膀

1936 年 3 月 25 日于平壤

向阳坡

朝着那边
载着黄土的春风
像满洲人的纺车一样
在这片土地上
旋转着刮过
四月缤纷的太阳伸出手
将那背靠着墙壁
忧伤而委屈的心房
一寸一寸抚摩

在谁是主人都不知道的土地上
两个孩子
在玩争地盘的游戏
一拃一拃地量地图
只嫌自己的手指太短

快停下来吧!

实在担心原本就已虚有的和平

再次一朝破碎

1936 年春

集 市

一大早
女人们把枯萎的生活
装进一个一个筐子里 满满的 顶在头上
背着 扛着 抱着 拎着
聚集在一起 不停汇聚到集市上

把艰难的生活
一样一样摊开在地上
推过来搡过去
为各自的生活呼喊撕扯

一整天称量琐碎的生活
用斗 用秤 用尺
直到天黑
女人们才把苦涩的日子和筐又顶在头上 回家

1937 年春

峡谷

群山排成两行飞奔而去
险滩上激流呼喊
直至喉咙嘶哑
盛夏的太阳搭乘云朵
想要快速跨越山谷

山脊上像牛犊的犄角一样
错落嶙峋的岩石突起耸立
青草像花奶牛柔软的茸毛
在山坡上绿茵茵地生长

一别三年重回故乡的游子
行走在山间的脚步
多像仙鹤赤裸的腿
蹒跚着夯实大地的泥土

旧鞋子挂在木棍的顶端
像吊着脖颈般低垂下来
喜鹊忙着引领雏鹊尝试飞翔
那碧绿的山上只有我独自沉寂

戴着纱帽的绅士骑着毛驴经过
假装素不相识
这土地上少见的骑着马的岛国人
问路后匆匆走过
这些看起来都是奇怪的事
峡谷再一次安静下来
比游子的心更为沉寂

1936 年夏

胸膛（三）

抱着熄灭的火盆打转
冬夜越发深沉

只剩下灰烬的心
在窗纸的响动中战栗……

1936 年 7 月 24 日

毗卢峰[1]

万象
如若俯瞰

膝盖
会簌簌发抖

白桦
幼时就已苍老

飞鸟
变成蝴蝶

1 “朝鲜第一山”金刚山的主峰。——编者注真的——

云朵啊

变成了雨

衣摆飘动

不胜寒凉

1937 年 9 月

大海

驮载过来又泼洒出去
连风也如此清凉

像松树的每根愤怒的枝丫
翻转又扭曲的梢头

海浪层层叠叠
海浪澎湃汹涌

一垄一垄漫过的水波
像瀑布
一波接一波盛开

孩子们聚拢在海边
起劲地撩起翻腾的水花洗手

在海鸥的歌声里
大海总是止不住悲伤

回头看一眼　回头再看一眼吧
那是正在离去的今日之海

1937 年 9 月于元山松涛园

雨夜

唰——哗啦！波涛声碎于窗棂

黑甜乡中的清梦也被打散

睡意像黑色的鲸鱼群

起伏涌动

怎么也无法止息

点上灯火用心掖紧睡衣

三更时分

祈愿之时

对向往中的江南再困于洪水的思虑

比大海的乡愁更清寂

1938 年 6 月 11 日

凄怆的族群

白色的头巾包裹
乌黑的头发
白色的船形鞋套住
粗糙的脚

白色的短袄长裙遮住
悲伤的躯体
白色的腰带紧紧捆住
细瘦的腰身

1938年9月

八福

——《马太福音》第 5 章第 3～12 节

哀恸的人是有福的

哀恸的人是有福的

哀恸的人是有福的

哀恸的人是有福的

哀恸的人是有福的

哀恸的人是有福的

哀恸的人是有福的

哀恸的人是有福的

我们将永远哀恸

大约写于 1940 年 12 月

没有门牌的街道

从车站的站台上

走下来的时候

看不到任何熟悉的人

都只是过客

都只是看起来就像过客的过客

家家户户都没有门牌

但也没有找不到家的忧虑

没有红红绿绿的

火一样的霓虹文字

每条胡同那盏

慈爱的旧瓦斯灯

都被点亮

握住手就知道

都是 善良的人

都是 善良的人啊

春天 夏天 秋天 冬天

就这样顺序流转

一如既往

1941 年

直到黎明来临

请给所有正在死去的人
穿上黑衣

请给所有正在活下去的人
穿上白衣

在同一张床上
让他们并排躺下
请他们安然入睡

如果他们哭泣
请给他们喂养奶水

等到黎明来临
就会听到传来的号角

1941 年 5 月

闭着眼睛走吧

思慕太阳的孩子们
热爱星星的孩子们

天已经黑了
索性闭着眼睛往前走吧

将拥有的种子
一边播撒一边行走

要是石头磕绊了脚
就把闭着的眼睛霍然睁开吧

1941 年 5 月 31 日

路

丢了啊

也不知丢了什么

也不知丢在了哪里

走在路上

两只手在口袋里摸索

石头　一个连一个的石头

无边无际

道路沿着幽深的石墙伸向远方

石墙上铁门紧闭

在路上印出狭长的阴影

道路从清晨通向夜晚

又从夜晚通向黎明

摸索着石墙　潸然泪下

仰望　天空蓝得让人惭愧

行走在这寸草不生的路上

那是因为我　留在了石墙的另一侧

我活着　只是

为了寻找丢失的所有

1941 年 9 月 31 日[1]

1　此处应该是诗人将日期记错了。——编者注

肝

在海边　朝着太阳的礁石上
把潮湿的肝脏
摊开来晾晒吧

像从高加索山中
逃出来的兔子一样
一遍遍转着圈
守护它

我饲养了好多年的
消瘦的老鹰啊
飞过来安心地
把它吃掉吧

你要胖起来
而我该瘦下去

但是 乌龟啊

再也不会陷入龙宫的诱惑

普罗米修斯 可怜的普罗米修斯

因盗火获罪 脖子上挂着磨盘

一直在坠向无底深渊

万劫不复的普罗米修斯

1941 年 11 月 29 日

白色的影子

在黄昏渐深的路口
让蔫了一整天的耳朵
谛听暮色移动的脚步声

能够听见这样的脚步声
是因为我曾经足够聪明过吗?

如果可以——
愚钝地领悟一切之后
将那些深埋于心的
长久以来苦恼着的无数个我
一个　两个都遣返回自己的故乡
如同在街角黑暗处
无声消失的白色阴影

白色的阴影

那些心心念念爱过的

白色阴影

如果可以——

我把这所有的一切

都遣返之后

落寞地沿着胡同

回到像黄昏一样

染着暮色的房间

如同一只信念坚定

从容不迫的羊

终日只是安心地啃扯青草

1942 年 4 月 14 日

数星星的夜

数星星的夜

季节经过的天空
装满了秋天

我　无忧无虑
仿佛能数清
秋天里所有的星星

可那一颗颗铭刻在心里的星星啊
为什么至今也数不清楚
因为清晨总是很快到来
因为明天还有夜晚降临
因为我的青春还没耗尽

一颗星关于追忆
一颗星关于爱情
一颗星关于冷清
一颗星关于憧憬

一颗星关于诗歌

一颗星关于妈妈　妈妈

妈妈啊，我想对每颗星星都说上一句美好的话：小学同窗们的名字，叫佩、镜、玉的异国少女的名字，还有那些早已成为母亲的小丫头的名字，穷困潦倒的邻居们的名字，那些鸽子、小狗、兔子、骡子、狍子，还有弗朗西斯·雅姆、赖内·马利亚·里尔克这些诗人的名字。我都要轻轻念上一遍。

他们现在都离我太远

犹如天边隐隐的星辰

妈妈啊

您也住在那么遥远的北间岛[1]

1　原名垦岛（因大批朝鲜移民越界垦荒而得名），位于图们江北岸。——编者注

此刻　灿烂的星光落满山坡

也不知道我是在想念谁

我写下我的名字

再用泥土把它掩埋

那些彻夜恸哭的虫子啊

是在为使自己蒙羞的名字感到伤心吗？

但是冬天过去

我的星辰上也有春天到来

像墓地上会生出碧绿的草丛一样

在那掩埋我名字的山坡上

漫山遍野的青草

骄傲地生长

1941年11月5日

南方的天际

燕子拥有两只翅膀
在清冷的秋天——

想念母亲的怀抱
在这个下霜的夜晚——
幼小的灵魂只能
扑棱着满载乡愁的小小翅膀
在南方的天际飘荡

1935 年 10 月于平壤

信

姐姐

这个冬天也下了

太多太多的雪

在白色信封里

装一把雪

字也不要写

邮票也不要贴

干干净净的　就这样

把信寄出吧

姐姐去的国度里

据说从不下雪

大约写于 1936 年 12 月

弟弟的画像

微红的额头上映着清冷的月光
弟弟的脸是一幅悲伤的画

停下脚步
轻轻握住稚嫩的手：
“你长大了想做什么呀？”

“做人！”
弟弟的回答真是正确又悲伤

悄悄放开握着的手
再次端详弟弟的脸

清冷的月光打湿微红的额头
弟弟的脸是一幅悲伤的画

1938年9月15日

（发表于1938年10月17日《朝鲜日报》）

在街上

月夜的街道
狂风大作的
北国的街道
散落都市的珍珠
路灯下游泳的
小小的人鱼
——我啊
被月光和灯光辉映
一个躯体化成两三个影子
一会儿变大
一会儿变小

悲伤的街道
灰色之夜的街道
行走着的这颗心
刮起旋风
虽然孤身一人

层层叠叠的光影之间

心的影子不断盛开绽放

蓝色的空想

一会儿升高

一会儿降低

1935 年 1 月 18 日

窗洞

刮着风的清晨
为了看赶集去的爸爸的背影
蘸口水捅出的小窗洞里
灼灼耀眼的晨光
照进来了

飘着雪的夜晚
为了看卖柴的爸爸回没回来
用舌尖弄出的小窗洞里
沙啦沙啦的冷风
飞进来了

大约写于1936年初

鸽子

可爱到想抱在怀里的
七只野鸽
在晴空万里的星期天早晨
在收割后空荡荡的田野上
一边盯着前方争相啄食
一边呢喃着艰辛的家事

柔弱的双翅
搅动寂静的空气
突然飞走的两只鸽子
像是想起了留在家中的幼子

1936 年 2 月 10 日

月夜

流淌的月色
如白色的水波涌动
踩着枯瘦的树影
走向北邙山的步履沉重
与孤独相伴的心
如此悲痛

总觉得会遇到谁的墓地
却什么人都没有
只有无处不在的寂静
在如水的白色月光中
淹然湿透

1937 年 3 月 15 日

夜

牲口棚里的毛驴
猛然一声悲鸣

毛驴的声音
让婴孩惊醒

点燃灯盏

爸爸给毛驴添了
一簸箕草料

妈妈给婴孩喂了
一口奶水

夜再一次安静下来　沉沉睡去

1937 年 3 月

夜行

整点时分　给心痛的地方贴上膏药
背负行囊　拖着疲顿的腿启程
——汽笛发出无声的鸣响
可爱的女人　步履匆忙
不愿看到这样的伤别而爬越天桥
——盘山的铁轨
终于驶入白杨树筑成的五色隧道
诗需要反刍
一定要好好反刍
——傍晚的雾霭化作云霞之后
吹着口哨的　今年刚出生的小蟋蟀
唱出的歌曲总是一节一节断掉
如同晦日的月亮　寂寥而悲伤
看来你是没有能教你唱歌的爸爸和妈妈啊
——你这腿脚纤细的小小浪子！
我可是在那个叫作大麦田的村庄里
有妈妈　还有姐姐

你是不会歌唱的

今夜也只会用深深的叹息熬过——

晦日的月亮啊

和我一起在次日的早晨到达吧！

1937 年 7 月 26 日

雨后

“噢——多么让人高兴的雨啊！”
爷爷是如此开心

久旱过的庄稼此刻拔节的声音
和爷爷抽烟的声音一样

雨后的阳光
在草叶上　可真是好看

大约写于1937年七八月间

妈妈

妈妈
用您的乳汁安抚这伤痛的心吧
黑夜总是如此悲伤

直到孩子的下颏长出胡须为止
都是靠吃什么长大的呢？
今天也把空着的拳头
这样含在嘴里

妈妈
我不再喜欢破碎的铅娃娃
已经很久了

季雨连绵的夜晚
就这样咬着拳头度过吗？
妈妈，用您良善的手
来抚慰这哀恸吧

1938 年 5 月 28 日

辣椒地

在枯萎的叶片之间
红红的躯体显露出来
辣椒像年华正好的少女
在酷暑的阳光下
不停地成熟

老奶奶提着篮子
在地头蹒跚行走
吸吮着手指的孩子
只顾跟在奶奶身后

1938 年 10 月 26 日

阳光·风

手指蘸了口水
噗——嘭 嘭
为了看赶集去的妈妈
在窗纸上
噗——嘭 嘭

早晨的阳光闪闪

手指蘸了口水
噗——嘭 嘭
为了看赶集的妈妈回家
在窗纸上
噗——嘭 嘭

晚上的风儿沙沙

大约写于 1938 年

向日葵的脸

姐姐的脸
向日葵的脸
太阳刚一升起
姐姐就去做工

向日葵的脸
姐姐的脸
低垂下来的时候
姐姐把家还

大约写于 1938 年

婴儿的黎明

我们的家
连公鸡都没有
只有
婴儿要奶吃的哭闹
唤来黎明

我们的家
连钟表都没有
只有
婴儿要奶吃的哭闹
唤来黎明

大约写于1938年

爱情的殿堂

爱情的殿堂

顺啊 你是什么时候
来到了我的殿堂?
我 又是什么时候
来到了你的殿堂?

我们的殿堂
古朴老旧的爱情殿堂

顺啊 把母鹿一样纯净的眼睛闭上吧
我把狮子一样蓬乱的头发梳理好

我们的爱情是沉默的哑巴

青春!
在神圣的烛火熄灭之前
顺啊 你从前门跑出去吧

在黑暗和风
扑打我们的窗棂之前
我就这样怀抱着永恒的爱情
从后门渐行渐远

现在
你拥有林中幽静的湖水
我拥有峻岭高山

1938 年 6 月 19 日

波斯菊

清雅的波斯菊
是我唯一的姑娘

在月光清凉的寒夜里
昔日的少女
让思念的我忍不住去寻找
波斯菊盛开的庭院

波斯菊啊
蟋蟀的叫声都能让她羞涩
站在波斯菊面前的我
竟也像小时候一样腼腆

我的心是波斯菊的心
波斯菊的心是我的心

1938 年 9 月 20 日

下雪的地图

顺要离开的早晨，下雪了。鹅毛大雪扑簌簌掉落，如同我无法言说的心情。窗外，无尽铺展的地图，像我的悲伤一样，都被白雪覆盖。

即使回看屋内，也已空无所有。墙和天棚都是白的，就连屋子里也在下雪吗？你真的像丢失的历史一样翩翩远走了吗？离开之前想嘱咐你的话写成了信，却不知你去了哪里，在哪条街道、哪个村庄、哪家屋檐下。难道你只留在了我的心里吗？你小小的脚印，不断被白雪覆盖，让我无法跟随你。如果雪化了，你留下的每一个脚印里一定都会长出花朵。我会沿着花间的脚印去找你。但是，一年十二个月，我的心里会一直下雪吧。

1941年3月12日

离别

雪　下着下着就变成了水的那天
灰色的天空又泛起雾霭
还有巨大的火车头呜呜呜响
小小的心房为之激荡

离别得太急　让人如此惋惜
把爱着的人
约到场院相见——
温热的手感仍萦绕指间　成串的泪水还未风干
火车的车尾就已转过山脚

1936 年 3 月 20 日

苍空

在那夏天
热情的白杨
为触摸即将垂下
蓝色胸膛的苍空
伸展手臂晃动
顶着沸腾的太阳
站在树荫下那一方　窄窄的土地上

在帐篷般的苍穹下
喧闹的骤雨
以及闪电
率领舞蹈的云
逃往南方
一整幅高高的苍空如画
在树枝上铺展
唤来圆月和雁行

丰饶的童心　在理想中燃烧

在那憧憬的秋日

嘲笑凋零的眼泪

1935年10月20日于平壤

太阳雨

像是天女下凡
飘飘洒洒的太阳雨
去淋雨吧　我们一起
像玉米秆那样　高高的
长到五尺六尺那么高吧
太阳在笑呢
看着我笑呢

天上的桥搭起来啦
斑斓的彩虹啊
来唱歌吧　开心地
伙伴们啊　都来吧
一起跳舞吧
太阳在笑呢
开心地　在笑呢

1936 年 9 月 9 日

那个女孩

在同时盛开的花朵中
最早成熟的野苹果
最先掉落了

秋风今天也在
不停地刮着

掉在路边的
红红的野苹果
就这样被过客捡走了

1937 年 7 月 26 日

冥想

干涩的头发像屋檐的茅草

口哨让鼻梁不是滋味地发痒

把天窗一样的眼睛

轻轻合上

此夜　恋情像浸润的黑暗一样

无所不在

1937 年 8 月 20 日

新路

越过小溪　朝着树林
翻过山岭　朝着村庄

昨天也走　今天也走
我的路焕然如新

蒲公英盛开　喜鹊飞舞
姑娘们走来　裙裾如风

我的路　不管什么时候
都是崭新的路
今天是　明天还是

越过小溪　朝着树林
翻过山岭　朝着村庄

1938 年 5 月 10 日

奇迹

把脚上的累赘都拿掉
如同黄昏走上湖面
我也可以这样
轻快行走吧?

我呀
没有谁叫我
却又被召唤到湖边
真的是个奇迹

尤其是今天
恋情　自赏　猜忌之类
总是像金奖章般
让人想要伸手抚摩

但是　情愿毫不留恋
把我的所有都付诸流水
就请你呼唤我
走上湖面吧

1938年6月19日

像月亮那样

像年轮生长那样

这个静寂的夜里

月亮也在生长

如同月亮一样孤单的爱情

让整个胸膛膨胀

又如年轮

伸展绽放

1939 年 9 月

少年

在这里或那里，像枫叶一样悲伤的秋天，啪嗒、啪嗒掉落下来。每片枫叶掉落空出的地方，都有一个春天在储备。枝条上面的天空平扩舒展。静静望向天空，睫毛会被染成蓝色，用双手拂拭暖暖的脸庞，手掌也会沾染上蓝色。再次端详手掌，会看见手纹里有清澈的江水在流淌。流淌着的清澈江水啊，江水里浮现像爱情一样悲伤的脸——美丽的顺的脸。少年恍惚闭上眼睛，即使这样，清澈的江水还在流淌，爱情一样悲伤的脸——美丽的顺的脸，依然会浮现在里面。

1939 年

太初之晨

不是春天的早晨
也不是夏天　秋天　冬天的早晨
就是创世之初的
这样一个早晨

鲜红鲜红的花儿盛开
阳光泛出青蓝

其实　在前一天晚上
一切就都已准备妥当

爱情和蛇
毒液和花蕊
注定相生相伴

大约写于 1941 年 5 月 31 日

流淌的街道

雾在迷迷蒙蒙中流淌，街道也在流淌。

那些电车、汽车以及所有的车轮都是要流淌到哪里去呢？没有任何可停泊的港口，载着众多可怜的人，就这样淹没在雾气弥漫的街道上。

抓住街道转角处的红色邮筒站住，在所有的一切都在流淌的街景中，看到只有模糊闪烁的路灯还停在原处。它没有熄灭，这是在象征什么吗？亲爱的朋友朴君，还有金君！你们如今都在哪里呢？无尽的雾还在流淌着啊！

“等到那新天的早晨，我们再深情抓住彼此的手腕吧！”写下这样几个字丢进邮筒。然后，守夜，等待。等待那佩戴着镶有金纽扣的金徽章、像巨人一样闪亮登场的邮差，和早晨一起愉快莅临。

这夜晚的雾还在没完没了地流淌。

1942年5月12日

可爱的追忆

春天来临的早晨　汉城[1]附近某个小小的车站
像等待希望和爱情一样　等待火车

吸着烟　在站台上
丢下艰辛的影子

我的影子和烟的影子一起飞扬
一群鸽子不知羞耻地
嗖嗖飞过
翅膀上的羽毛披着太阳的光芒

火车带不来任何新的消息
只会把我载向远方

1　首尔的旧称。——编者注

春天已经逝去——东京郊外某个安静的寄宿房
留在古老街道上的我
像希望和爱情一样
值得留恋

不知驶过多少趟的火车
今天依然毫无意义地经过
我今天也依然
不知在等待着谁
在车站附近的山坡上不停徘徊

啊　青春啊　你就长久停留在那里吧

1942 年 5 月 13 日

自画像

自画像

转过山脚，独自走向田边，去寻找一口荒僻的水井，再悄悄向井里张望。

井里月色明亮，云在流淌，天空铺展开来，吹着蔚蓝的风。井里有秋天。

还有一个男人。

不知为什么，那男人看起来令人生厌，就转身离开。

转身走着思量一下，又觉得那男人可怜。折返回来探看，那男人还在里面。

再次觉得那男人讨厌而转身离开。

转身走着思量一下，又想念起那男人。

井里月色明亮，云在流淌，天空铺展开来，吹着蔚蓝色的风。井里有秋天，还有一个追忆般的男人。

1939 年 9 月

忏悔录

在绿锈斑斑的铜镜里
存留着我的面孔
这是哪个王朝的遗物
如此让人蒙羞?

我要把我的忏悔　缩成一行
——整整二十四年零一个月的时光
有什么值得期盼　让我活到今天?

或者明天
或者后天
某个喜乐的日子
我还要再写一行忏悔
——那时　那么年轻的我
为什么做了那样令人羞愧的告白?

只要是夜晚

每一个夜晚

用手掌也用脚掌

擦拭我的镜子吧

那样的话

那个走向某颗陨石下的

悲伤的背影

就会在镜子里显现

1942 年 1 月 24 日

医院

一名年轻女子，用杏树的树荫遮住脸庞，躺在医院的后院里晒日光浴，白衣下面露出白皙的腿。这位据说胸腔疼痛的女人啊，直到正午的太阳西斜，都没有谁来探望她，就连一只蝴蝶也没有。毫无悲伤的杏树枝上甚至连风都没有一丝。

我长久忍受着不知名的病痛，初次来到这里。但是接待我的老医生不懂年轻人的病，竟对我说，我没有病。这只是极度的试炼、极度的疲劳！我却不能生气。

那女子起身，把衣襟整理好，从花坛里摘了一朵金盏花别在胸前，然后走进病房，消失在视野中。我在那女子躺过的地方躺了下来，盼望她，也盼望自己能早日康复。

1940 年 12 月

容易写成的诗

窗外的夜雨像在小声说话
小小的榻榻米房也是别人的国度

明明知道诗人会有　悲凉的天命
为什么还要写下　这样的诗句?

收到装着学费的信封
闻到汗水和慈爱交织的味道

夹着大学用的笔记本
去听老教授传道授业

想起小时候的朋友
一个　两个　全都失去踪影

我　指望什么呢
只有我　在独自沉沦吗?

都说人生艰辛不易

写下诗句却可以这么轻而易举

这是多么让人羞愧的事情

小小的榻榻米房也是别人的国度

窗外的夜雨像在小声说话

点上灯驱散一点黑暗

最后的我像等待新时代那样

等待早晨的到来

我向我自己伸出小小的手掌——

用泪水和安慰

面对这最初的握手

1942 年 6 月 3 日

生与死

生　至今都在唱着死的序曲
这首歌什么时候才会终结？

世上的人们啊——
在倾尽所有才得以听到的
生的旋律之中
翩翩起舞
人们啊　在太阳落山之前
没有时间去想
曲终时的恐怖

（我只明白了这一点
知道曲终意味着什么的人们
只有自己知道
他们从没有把下一首歌曲的意味告诉他人）

像刻在天空正中一样
唱出这首歌的人是谁
还有像骤雨停歇一样
终止这首歌的又是谁

死后只剩下白骨
战胜死亡的伟人们

1934 年 12 月 24 日

空想

空想——

我心中的塔

我无言地垒砌

在名誉和虚荣的天空上

仿佛不知道它会坍塌

一层　两层　只管垒砌

我无限的空想

那是我心中的大海

张开双臂

在我的海水里

自在游走

朝着黄金般求知的

海平线

大约写于 1935 年 10 月以前

梦碎

梦睁开眼睛

在幽暗的迷雾中

歌唱的云雀

逃离无踪

往日唱过春打令的金丝草地

已今非昔比

红色的心灵之塔

轰然倒塌——

用指甲刻画过的大理石塔

一夜间被暴风摧垮

啊——荒败的废墟

眼泪伴着哽咽

梦碎时分

塔毁无踪

1935 年 10 月 27 日脱稿

1936 年 7 月 27 日修订

温度计

冰凉的大理石柱上，挂着歪了脖子的温度计。有着能被一眼看穿的命运，五尺六寸长、腰身纤细的水银柱，心比玻璃管还要清澈。

只有单条血管而变得神经质的舆论动物，时常要勉强咽下喷泉一样冰冷的口水。并因此浪费着精力。

比起寒冷冬天气温零度以下的房间，更令人向往的是八月向日葵盛开的校园。热血沸腾的那一天——

昨天骤雨任意泼洒了一番，今天却是个好天气。穿着轻便的短袄，去往山岭和树林——我又在不知不觉之间，这样轻轻地独自低语——

我是要追随真实的世纪的季节变换，跳出只能看见一方天空的院子，去坚守历史使命中的位置。

1937 年 7 月 1 日

悲 哀

跟着寂静的世纪的月亮
想去那似乎已知却又未知的地方

突然跳起
甩开被子
在无边的旷野上
独自徘徊的人啊
内心该有多么孤独

啊——这个年轻人
像金字塔一样悲怆

1937 年 8 月 18 日

山峡的午后

我的歌声终究成为
悲伤的山谷回响

掉在山路上的影子
是那么哀伤

午后的冥想
啊——困倦不堪

1937 年 9 月

遗言

在明晃晃的房间里
遗言不过是无声嚅动的嘴唇

去张望一下吧——
说是要去海里捞珍珠的儿子
说是和海女谈恋爱的长子
在这样的夜里会不会回来?

平生孤苦的父亲死去的时候
睁也睁不开的眼里渗出悲凉

偏远人家的狗在不停吠叫
这是辉煌圆月在窗棂流动的夜晚

1937 年 10 月 24 日

(1939 年 2 月 6 日发表于《朝鲜日报》)

窗

每到课间
我就走向窗边

——窗是活的教导

把火烧得旺旺的吧
这房间已被寒冷浸透

一片丹枫叶
在兜兜转转
看来是有小的旋风扬起

然而　当冰凉的玻璃窗上
有太阳的光芒闪烁耀眼的时候
还是希望上课的铃声响起

1937 年 10 月

山涧水

痛苦的人 痛苦的人啊
即使在衣摆飘动翻起的波涛里
在心的深处也有泉水潺潺流淌
如同这个缄默的夜晚没有人可以倾诉
无法和街市上的噪声合唱
既然被引领坐在溪水之滨
就把爱情和要做的事都托付给街市
然后 安静地
安静地走向大海
走向大海吧

大约写于 1939 年 9 月

蔷薇病了

蔷薇病了
没有可移栽的邻舍

让叮当叮当孤单的客马车
载着去山上吗?

还是让呜呜鸣响的凄凉的火轮船
载着去大洋彼岸?

或者是让螺旋桨喧嚣的飞机
载着去云层之上?

千般思量
终不可行

在成长着的儿子梦醒之前
还是将它封埋在我心深处吧

1939 年 9 月

慰藉

蜘蛛那家伙，用阴险的心机，在医院后院栏杆与花圃之间、人迹罕至的地方织起了一张网。一个接受户外疗养的年轻小伙子躺着，正好仰脸看到了蛛网。

一只蝴蝶向着花圃飞去，却挂上了蛛网。黄黄的翅膀扑棱再三却被越缠越紧。蜘蛛迅速爬过去，抽出无尽的长丝把蝴蝶的全身都缠上。小伙子长长叹了一口气。

对较之于年龄已历尽无数苦难，又背时患病的这个小伙子来说，安慰的话语——除了把蜘蛛网扯破捣毁之外，再也没有更好的慰藉。

1940 年 12 月 3 日

可怕的时刻

那呼唤我的是谁?

在柞树叶刚吐新绿的树荫之下
我还一息尚存

对于连一次举手都没有的我
对于连举手表现的时空都没有的我

哪里有容留我的天空?
真的是在呼唤我吗?

等到干完活儿即将死去的那个早晨
反正 不会感到悲伤的柞树叶
也会掉落的……

请不要呼唤我

1941 年 2 月 7 日

归来的夜晚

仿佛从人世间归来。现在，回到我窄小的房中，熄灭灯火。点着灯火实在太让人疲惫。仿佛白天因此延长了一般——

现在该是打开窗户透气的时候了。悄悄向外张望，窗外和屋内一样黑暗，和这个世道一模一样。刚刚回来时淋着雨走过的路，依旧还在雨中湿漉着。

无法洗去一天的郁愤，静静闭上眼睛，就会听见流向心里的声音。现在，思想像野苹果一样，自己慢慢成熟着。

1941 年 6 月

风在刮

风是从哪里刮过来
又是刮往哪里去呢?

风在刮着
我的痛苦却没有理由

我的痛苦真的没有理由吗?

连一个女人都没爱过
也没有为时代悲哀过

风一直在刮
我的脚却站在磐石上

江水一直在流
我的脚却站在山坡上

1941 年 6 月 2 日

月亮的碎片

瓦片夫妇

下着雨的夜　瓦片夫妇
恐怕是想起了失去的独子
抚摩着弓起的脊背
呜呜咽咽地哭泣

在宫阙的屋顶上　瓦片夫妇
或许是想起了美好的往日
抚摩着出皱的脸颊
痴痴望着天空

大约写于1936年初

牡丹峰上

干枯虬曲的松枝上
和煦之风的翅膀掠过
正午的阳光滑倒在
掺着冰碴的大同江[1]上

坍塌的城址里
不谙世事的女童们
用自己也不懂的异国话
叽叽喳喳
说着跳着

突如其来的汽车
让人生厌

1936 年 3 月 24 日

1 朝鲜地理标志之一，位于朝鲜半岛西北部，是朝鲜第五大河流。——编者注

云雀

云雀在早春时节
不喜欢
泥泞的后街
只向着明朗的春日天空
张开轻盈的双翅
妖娆的春曲真的动听
可是我
今天仍拖着破了洞的皮鞋
哐当哐当走向后街
如同一条小鱼一样的我
就算四处游荡
也因为没有翅膀和歌声
心中装满忧伤

1936 年 3 月于平壤

鸡

越过一间鸡舍就是触手可及的苍空
忘记了自由乡土的鸡们
唠叨着枯萎的生活
为生蛋的劳苦啼叫呼喊

有从阴沉鸡舍中涌出的
外来种来亨鸡
也有在三月明亮的午后
从校园田圃里涌出的新鸡群

鸡们为刨挖融化的土肥堆
娇小的双腿不住地忙碌
饥饿的嘴多么勤快
两只眼睛熟透般鲜红

1936 年春

山上

街道看起来如同一张棋盘
江水像一条爬行的小蛇
绕到山上 此刻的人们
像棋子般散落

正午的太阳
只映照铁皮屋顶
土蚕般慢吞吞的火车
在车站稍作停歇 喷吐黑烟
再次开启行程

我担心帐篷一样的天空
坍塌下来 覆盖街道
于是想去到更高的地方

1936 年 5 月

午后的球场

晚春时节等来——
期待已久的星期六
午后三点半去往京城[1]的火车
裹着弥漫的煤烟
呼啸而过

曾经那么强力牵引身心的足球
此刻失去了磁力
用一口水
滋润着火的喉咙
就已足够
年轻的胸膛里血脉偾张
两条铁腿松弛下来

1 即现今首尔。——编者注

与黑色的火车烟雾一道

青绿的山

在那边春日地气缭绕之处

一同沉落不见

1936 年 5 月

山林

钟表嘀嗒嘀嗒敲打胸膛
空冷的心被山林呼唤

历经千年年轮碾轧的幽寂山林
已具足拥抱疲惫身躯的因缘

山林的黑色波动　自上而下
暗黑将幼小的胸膛踩踏

停下脚步
一处　两处　想要丈量黑暗
却又四顾茫然

陡然晃动树叶的晚风
唰——像瞬间袭来的恐惧

远处初夏的蛙声绵延不绝
流逝的村庄
往昔像空中隐约可见的
缭绕尘埃

只有在枝条与枝条间
闪烁的星星们
召唤我走向新天的盛宴

1936 年 6 月 26 日

早晨

嚯 嚯 嚯
牛尾巴像柔软的鞭子
轻轻抽打
驱赶着黑暗
那墨黑墨黑的黑暗啊
深到不能再深时
天就亮了

此刻 这村庄的早晨
像被草料喂肥的牛臀一样丰腴
这村庄喝了黄豆粥的人们
挥洒汗水
让这个夏天成长

叶子 叶子
每一片叶子都
结满了汗珠

在这个没有一丝皱纹的早晨

一遍　又一遍地

大口呼吸[1]

1936 年

1　这首诗还有另一版结尾，即여보！여보！이 모든 것을 아오（喂！喂！这一切你都知道吗？）。——编者注

晾晒的衣服

晾衣绳上垂下两只裤管
晾晒着的白衣服们
在午后交头接耳窃窃私语

火辣辣的七月阳光居然
如此安静
只静静依偎在晾晒着的
淡雅的衣服上

1936 年

烟囱

山间窝棚低矮的烟囱里
一团团炊烟　怎么会在大白天冒出？

是在烤土豆吧？小伙子们
扑闪扑闪着黑眼睛围坐在一起
嘴唇墨黑如用木炭涂抹
一个老故事换吃一个土豆

山间窝棚低矮的烟囱里
轻轻散出烤土豆的味道

1936 年秋

衣兜

无物可装
让我担心的
空空的衣兜啊

到了冬天就鼓鼓囊囊
装的是我两只
攥紧的拳头

大约写于 1936 年 12 月至 1937 年 1 月之间

黄昏变成大海

一整天都在墨绿的水波里
被摇曳着淹没……淹没……

那边——哪里来的黑色鱼群
想飞渡波涛尽染的大海

变成落叶的海草
每一根都那么忧伤

西窗上挂着的
苍白的风景画
像吸吮衣带的孤儿
委屈的哭声

初次下定决心去航海
躺在席子上不停辗转

黄昏变成大海

今天也有很多只船

和我一起

在这样的波涛里

沉没

1937 年 1 月

萤火

走吧　走吧　走吧
走到树林里去吧
为捡拾月亮的碎片
到树林里去吧

晦日的萤火
是月亮的碎片

走吧　走吧　走吧
走到树林里去吧
为捡拾月亮的碎片
到树林里去吧

大约写于 1937 年初

树

树若是跳舞
风就吹过来
树若是静止
风也会安睡

大约写于 1937 年 3 月

风景

背靠春风的草绿色大海
如倾泻　如倾泻般危险

水波摇曳如细褶裙摆
飞旋般极尽轻盈

桅杆上的红色旗帜
如女人飞扬的长发

*　*

将这鲜活的风景　或放在眼前　或置于身后
只想一整天都如此徘徊

——朝着阴沉的五月天空
——朝着用大海的颜色层层叠叠绣出的山峦

1937 年 5 月 29 日

骤雨

闪电　雷声
轰鸣着擂动天地
远远的都市
像是有霹雳落下

砚台倒扣的漆黑天空
雨像疾飞的箭镞
倾泻而下

我巴掌大的庭院
和心一样　转瞬盛满
阴沉的湖水

风　像陀螺旋转
大树主宰不了
梢头的摇曳

我满怀虔敬

奉献心灵

深深呼吸

诺亚当年的天空

1937年8月9日

屠格涅夫的山岭

我正在翻越山岭……那时有三个少年乞丐与我擦肩而过。

第一个孩子背上背着筐，筐里装着汽水瓶、罐头盒、铁片儿、旧袜子等，满是废品。

第二个孩子也是一样。

第三个孩子也是一样。

蓬乱的头发、黑乎乎的脸庞、凝着泪水布满血丝的眼睛、没有血色的青色嘴唇、破烂的衣衫、皴裂的赤脚。

啊——多么可怕的贫穷在吞噬这样幼小的少年！

我的恻隐之心萌动。

我翻动自己的口袋，厚厚的钱包、手表、手帕……该有的都有。

但是，我没有把这些贸然拿给他们的勇气，只是用手摆弄着。

想说些亲切温暖的话，就喊了一声：“孩子们！”

第一个少年只是回头用充血的眼睛瞥了我一眼。

第二个少年也只是这样。

第三个少年也只是这样。

然后好像是在说这些事情与你何干一样，他们彼此轻轻交谈着翻越了山岭。

山岭上什么人都没有。

只有越来越深的黄昏汹涌而来。

1939 年 9 月

又一个太初之晨

皑皑白雪覆盖
杆子上的电线发出
呜呜的鸣响
传来上帝的声音

那是怎样的昭示？

快来吧
在春天降临的时候
犯下罪孽
睁开迷蒙之眼

夏娃遭遇分娩的痛楚
用无花果的叶子
遮住羞处

此刻　我该让自己的额头
汗如雨下

1941年5月31日

春天（二）

春天在血管里

像小河一样流淌

水声汩汩 小溪附近的山坡

盛开着连翘、金达莱和黄色的白菜花

熬过整个冬天的我

像簇青草一样破土而出

快乐的云雀啊

无论在哪一处田垄

都快乐地冲上云霄吧

蔚蓝的天空

渺渺茫茫 那么高远

大约写于 1942 年 6 月

附录·浮事

射月

喧闹的四周安静下来，钟表的嘀嗒声清晰可闻，可见夜是越来越深了。把翻看过的书本推向桌角，整理好床铺，穿上睡衣，伴着啪嗒的开关声，电灯熄灭了。直到躺在窗边的床上才发现，在此之前，自己居然没有感觉到这是一个满月辉煌的明亮夜晚。这一切也是通明的电灯所赐予的吧。

我简陋的房间，与其说因为沉浸在月色里而变得可爱如画，还不如说变成了悲伤的船舱。窗棂的微光隐隐约约罩着我，从额头到鼻梁，从嘴唇一直到我放在胸口的手臂上，搅动着我的心。躺在旁边的人的呼吸声让房间显得阴森可怖。怀着孩童般惶恐的心睁开眼睛，向外张望，秋日的天空依旧明亮。松林葱郁如同一幅水墨。月光倾泻在一簇又一簇松枝上，似乎能像风一样发出唰唰的响声。其实能听到的只有钟表声、呼吸声和蟋蟀的叫声。一向喧闹的宿舍此刻不是比寺庙更加安静吗?

我就这样沉浸在深深的思虑里。但，无论是想要独自拥有美丽姑娘的可爱想象，还是对曾留下幼时迷恋的故乡的乡愁，都比不上我对某种不易表达的深刻之事的思虑。

漂洋过海寄来的H君的信，仔仔细细想过后，越发觉得人与人之间的感情是那么微妙。多愁善感的他那里显然已经是秋天了。

信中的表达是不是太过分了呢？其中有这样一段:

“君啊，我现在是哭着在写信。这个夜晚，也一样有月升起，有风吹过，因为是在人间啊，还有秋天的泥土味道。饱含情感的泪水，火热的艺术门徒饱含情感的泪水，流在这个夜里，也当是最后一次了。”

另外，在信的末尾还有这样的句子：

“你把我永远撵走，应该是正直的。”

我明白这句话的弦外之音。但事实上，我没有对他说过一句重话，也没写过一句刺痛他的话。想来想去，除了怪罪给秋天，也没有其他的办法了。

作为一个文弱书生，做这样的断言也许太过冒昧。所谓朋友，其实是痛苦的存在，而所谓友情如同盛在即将破碎的杯子里的水。谁能质疑反对这句话呢？但是，要找一个知己是吃力的事，因此失去一个可信赖的朋友会像剜掉一块肉一样疼痛。

我不想为被发现站在庭院中时，被他人问到是跳窗出来的还是开门出来的以及为什么要出来这类可笑的问题而伤脑筋。我只是想在听到蟋蟀的叫声都会羞涩起来的波斯菊面前深沉地站着，像塔特·比灵斯铜像[1]的影子一样悲伤起来。不过我没有把这种心情传递给其他任何一个人的意思。衣领是敏感的，在月色里又凛然变得寒冷。秋天的露珠森冷，像悲伤的男子的眼泪。

迈开脚步，移动身体，走到池塘边。池塘里也有秋天，有三更时分，有树木，还有月亮。

这个刹那，秋天让人怨恨，月亮也让人厌烦。摸索着找到石子，瞄着月亮狠命打过去。痛快！月亮终于四散破碎。但是

1 本文写于 1939 年，当时诗人就读于延禧专门学校，也就是现今的延世大学，此处的铜像应该是指延世大学内美国传教士元杜尤（Underwood）的铜像。——译者注

只不过一会儿工夫，受惊的水波平静下来，那月亮又复原活了过来。蓦然抬头望向天空，可恶的月亮正在头顶冷笑。

我折了一根直直的树枝，绑上绳子做弦，做成一把精良的弓箭，再用硬硬的芦苇秆做成箭头，怀着武士的心情，射向月亮。

1939 年 1 月 23 日发表于《朝鲜日报》

流星坠落的地方

入夜了。

天空蓝到不能再蓝的时候，就变成深灰色，进而就黑沉沉的了。只有星星们在一闪一闪发光。不只有浓浓的黑暗，还有让人瑟瑟发抖的寒意。在这浊重的氛围里，有一个自嘲的年轻人，暂且就把他叫作我吧。

我，在这样的黑暗里孕育，在这样的黑暗里成长，现在依然在这样的黑暗里生存着。现在，我苦闷挣扎，因为还不知道要去往何方。可也是，我已憔悴如世纪的焦点。乍一看，似乎没有什么能真正扶植我打下根基，但也没什么能强制按下我的头颅。而事实并非如此，说到底，我毫无自由可言。我只是在虚空里浮游的，若有若无、朝生暮死的一个点。如果真的能轻如蜉蝣，那倒是万幸了，可我却不能那样。

我觉得在这个点的对称位置好像还有一个光明的焦点，似乎一下就能抓住一样。

但是未能抓住它，与其归因于自身迟钝，还不如说是我的内心还没有任何准备。还有，想想觉得要想唤来幸福这位特殊客人，还非得再找一个其他的借口才行啊。

小时候，这样的夜晚对我来说有如恐怖的帐幕；如今，早已经是逝去的传说了。因此，即便说这样的夜晚是享乐的熔炉，而在我的心念里，却还是难以消化的顽石。如果我想要挑选一位旗鼓相当的对手，那么有这夜晚也就足够了。

如果这些只停留在鲜活的观念世界里，那就太可惜了。在黑暗中不停打着盹儿，用华丽的辞藻把密密麻麻排列着的茅草屋写成美丽的诗句，那已经是过去年代的事情了。如今这些存在只是无可言说的悲剧的背景。

即便现在鸡开始打鸣，尖叫着驱赶夜与黑暗，从东方唤来那叫作黎明的新客人，其实也没必要轻妄地欣喜。看吧，即便黎明已经来临，这村庄也依旧暗淡，我，也依旧暗淡。无论我还是你，在这三岔路口，不都是犹豫彷徨的存在吗？

有一棵树。

那是我的老邻居、我的伙伴。但因此就以为它和我在个性上、在环境适应和生活中有共同点是不对的。我们之间只能算是，两个极端之间也会有感情可以产生的奇迹般的标本吧。

最初，我觉得它是颇为不幸而可笑的存在。站在它面前的时候，会有悲伤和恻隐浮现。但是今天回想起来才发觉，似乎没有像树这么幸福的生物了。即使在坚硬到无可比拟的岩石上也能充分吸收营养，那么在哪里还不能扎下生存的根须，在哪里还会觉得愤愤不平呢？湿闷的时候，会有唰啦唰啦的清风吹来；寂寞无聊了，会有鸟儿飞来歌唱；饥渴的时候，会淋下一串串雨水；如果是夜里，还会有无数颗星星前来，温情絮语；还有，树木不会遇到何去何从的繁难选题，无论是人为还是偶然，只要坚守在诞生地就能吸收无穷无尽的营养、接受明媚的阳光，轻松生活。只要仰望着天空繁衍就好。这不是比什么都幸福吗？

在这样的夜晚，因找不到答案而难过的我的心，好像越来越被树木之心触动。我本应以能自由行动而感到自豪，如今却偏偏做不到。我那位年轻的前辈曾以雄辩的口吻声称：前辈也是不可信的！那么我该向伶俐的树木请教我该去的方向吗？

应该往哪里去呢？东方在哪里？西方在哪里？南方在哪里？北方又在哪里？啊，那星星一闪而逝，莫非那流星坠落之处该是我去的地方？偏偏是流星啊！流星是一定要在该坠落的地方才会坠落啊。

大约写于 1939 年

花园里花在盛开

连翘、金达莱、半枝莲、丁香、蒲公英、野蔷薇、桃花、野玫瑰、海棠花、牡丹、百合、菖蒲、郁金香、康乃馨、凤仙花、百日红、草杜鹃、大丽花、向日葵、波斯菊纷纷凋落的那天并不是宇宙的末日。这里，蓝色的天空高企。红的、黄的丹枫叶美得不输给鲜花，每根枝条都染上了色彩。可是，当蟋蟀的鸣叫终止的时候，丹枫的世界坍塌了。那上面一夜之间落满了白雪。雪堆积起来了。火炉里红红的炭火也烧起来了。很多故事、很多事情开始在火炉边上演。

读者诸贤！各位不要以为我是在特定的季节才写下了这样的文字。不是的。春天、夏天、秋天、冬天，您认为是哪个季节其实都是无妨的。当然，一年里时时都身处春天是绝无可能的。但是如果我说这座花园里一年四季都和青春一样蓬勃茂盛，会被看作是过分的自我炫耀吗？建造一座花园并非轻而易举的事，还要付出辛苦和努力来浇灌。尽管我堆砌几个单词连缀成这篇文章，我的头脑却并不那么明晰。在一整年的时间里，我凡事细细揣摩，用全身心去捕捉感受才写成了这样几行字。因此对我来说，写作并不是件愉快的事。陷入春风的苦闷，被绿荫的倦态羁绊，在秋空的感伤里哭泣，在炉边的思绪里打盹儿，这几行字和我的花园一起陪我度过了这一整年。

“吃掉时间”（这句话的意义和妙义，站在黑板前的老师和坐在黑板底下的学生都会知道），毫无疑问是件值得高兴的事。当需要预习、没有做完作业或无聊困倦的时候，比起停讲一天（反正悄悄地忘掉也就算了），停讲一个小时会更受用。哪怕教授因为身体不适而没来上课，我们也顾不上用该有的礼仪来应对。

但是，也不能因此就马上判定我们是在胡闹和浪费时间。因为这里有一座花园。因为这里有和一棵青草、一束红花共有的笑容。与汗湿的笔记本相比，与在汗牛充栋的藏书间较劲相比，这里会让我们探究更切实的真理，收获更多的知识，得到更有效的成果。谁会否认这点呢？

我可以用如此宝贵的时间，悄悄离开朋友，独自在花园里徘徊。能独自和花儿、草儿说话是多么幸运的事情啊！我真的能用温情对待它们，它们也用笑容欢迎着我。我用泪水回报它们的笑容，这是我在感伤吗？孤独、静寂着实美丽，有以心换心的朋友更是好事一桩。我们这些聚集在花园中的朋友里，有一到给家里写信要学费的那天，就整晚思来想去，最后只勉强写下几行寄出去的 A 君，有收到令人欢喜的来信，就两手颤抖的 B 君，有因为爱情而食不知味、辗转难眠的 C 君，还有因为思想的碰撞而声称要自杀的 D 君……我理解这些年轻朋友，理解他们每个人的真实心境。我们可以用宽容的心彼此对待。

与世界观、人生观这类更宏大的问题相比，说不定是风和云朵、阳光和树木、友情这类东西更让我觉得痛苦吧。这只是我的奇谈怪论吗，还是我就想隐藏真实的自己呢？

世人都说现代的学生道德败坏，说他们不会尊重师长。这是实话，我却只能感到羞愧。但是，一定要把这些缺陷摞在我们痛苦的肩上，然后把我们撵到旷野里去吗？如果能有理解我们痛楚的师长和愿意抚摩我们伤口的温暖世界，那么即使道德沦落，我们也会真心尊敬师长。若是在温暖的街道上，即便遇见仇敌也会握住他的手放声痛哭。

这世间年年炮声喧嚷，但我们在极度的安静之中，可以在山上互相融合，互相理解，可以像从前的(　　)[1]，这是与时势

1　原文此处空缺。——译者注

相反的效果吗?

春天走了，夏天走了，秋天——波斯菊纷纷掉落的日子，不是宇宙末日。“履霜而坚冰至”，即踩着霜，就知道结冰的日子不远了，但只要丹枫的世界还在，踩着霜打了的落叶时，我们就仍会坚信春天正从远处徐徐走来。

在炉火边也是可以做成很多事情的。

大约写于 1939 年

终点与起点

终点会成为起点。起点会再次成为终点。

早晨和夜晚，我都会踩着相同的足迹，并且有这么做的理由。像是在西山大师早年生活过的郁郁葱葱的松林里，只有一间孤单耸立的房屋。里面的人却非常之多，多到一个屋檐下能够听到朝鲜八道[1]所有的方言，清一色的青壮男丁聚集在此。这里虽然没有法律规定，但却是女人的禁入区。若是有哪位强势女性无意间闯入的话，一定会引起我们的好奇心，每个房间都会产生新的话题。我像一只海螺一样，曾安度着如此这般的修道生活。

1 历史上，朝鲜半岛被国民习惯称为“朝鲜八道”。它源起于朝鲜王朝，是如今朝鲜和韩国行政区划的基础。所谓的“八道”，包括咸镜道、平安道、黄海道、京畿道、江原道、忠清道、全罗道、庆尚道。——编者注人事种种，往往不是产生于某些宏大的动机，而是由不起眼的小事触发的。

那是个下雪的日子。进城的车还要一个小时才出发，室友的朋友便找到我室友，于是有了下面这段对话。

“难道你想一直待在这个房子里变成鬼吗？”

“安静读书难道不好吗？”

“你以为像这样翻翻书就是读书啊？在电车里往外看才看得见的光景，在车站才能体味到的光景，还有在火车上才能出现的所有事情难道不都是生活吗？沉浸在为生活而斗争的氛围里，观察着、思索着、分析着，难道不是更为真实有益的教育吗？喂！你只翻书本，就说人生是怎样的、社会是怎样的，那是在十六世纪才有的事。你得转变心意，果断走出去，进城去吧。”

虽然这不是对我的劝告，但我侧耳细听了，觉得很有道理。非但如此，脱离尘世去修道，只是娱乐。娱乐不可能成为生活，如果没有生活，不就是在读死书吗？由此，我想到读书也要贴近生活，便决定近几日内就进城。在心里做了这样的决定，自此，就这样开始每天都踩着相同的足迹了。

本以为只有我自己会在早晨的街道上品味这样的新感触，其实已经有很多人的脚印都留在了这条街道上，要多凌乱就有多凌乱。每次在车站停留的时候，我都会想，一辆辆汽车载客远去，这么多人，他们都是去哪儿的呢？不论老年人、年轻人还是孩子，手里没有不拿着包袱的。这是他们生活的包袱，同时也是令他们倦怠的包袱吧。

我一个一个端详这些拿着包袱的人的脸。老年人的脸因为久经世事而布满皱纹，这是自然的。但年轻人的脸色就太不像话了，十个人里有十个都满面忧愁，一百个人里有一百个都满面凄惨，他们脸上的笑容少得像干旱时节的豆苗。看来只能去欣赏可爱的孩子们的脸了，但他们的脸又过于苍白了。可能是没完成作业担心被老师批评而没有精神头儿吧，抽抽巴巴的，找不到一丝生机。我想我自己也是一样啊，多亏我看不见自己的那副样子。如果我可以像看别人那样能经常看到自己的脸，说不定早就不在人世了吧。

我怀疑自己的眼睛，并确定如此。

索性，仰望城墙上铺展的天空会更痛快。我向天空和城墙的交汇处望去。这城墙虽然有着现代的面孔，但却是经过伪装的古代禁城。这城里面发生过什么，正在发生着什么，像我们这样以往生活在城外、现在也仍然生活在城外的人，根本无从知晓。现在，唯一的希望就在城墙的断裂处。

但凡事都不该抱有太大的期望。在城墙断裂的地方紧密而又整齐地排列着总督府、道厅、某家参考馆、邮局、报社、消防队、某株式会社、府厅、西装店、古董店……我的目光短暂停留在一块冰激凌广告牌上，我闭着眼睛冥想了一下：那广告牌在飘雪的冬天守着空屋子的样子，在和自己身份不相称的小店里看店的样子，这样的场景会是一幅高级讽刺漫画吧。事实上，如今，能逃过像冰激凌广告牌般的命运的人又有几个呢？冰激凌广告牌热情如火的炎夏，真是令人怀念。

闭着眼睛想了半天，有一件事忽然让我心里不安，就是那被称作道德感的碍事的责任感。年轻的小伙子紧闭着眼睛直挺挺地坐在座位上，感觉像被人戳了脊梁骨般猛然睁开眼睛，一看周遭并没有可供施予善行的对象，比起不会失去座位的好心情，还是没看到有人以嫌恶的眼光看向我更让我感到安心。

这虽然是一个很主观的朋友的观点——在电车上遇到的人都是仇人，在火车上遇到的人都是知己，但对这种说法我多少也是赞同的。在电车里，在同一个位置上挤来挤去，本来可能礼貌地寒暄“今天是个好天气啊！”“在哪里下车啊？”，但人们却都一言不发，绷着脸，像结了多大仇一样。万一有善良的人多少讲一点类似的礼仪，电车里的人们一定会以为他精神失常了。但在火车里就不同了。人们彼此交换名片，毫无拘束地交谈着故乡和自己的行程故事，甚至把别人的旅途劳顿当成自己的旅途劳顿来惦记着。这是多么富有温情的人生旅程啊！

就在这样想着的时候，车驶过了南大门。如果谁拿出“你每天都两次经过南大门，一直都能看到它吗？”类似这种傻乎乎的心理测试题，我一定会哑然，绝没有答对的可能。如果悄悄抚摩记忆回想的话，不要说一直看到，在我走上这条路以来，居然好像一次都没有看到过。可也是啊，它和我的生活没有一点关联，所以我不会关注到它也是理所当然的事吧。但是从中可以得到一个教训。如果经过的次数太频繁，那么所有的一切都会变得庸常、浮于表面。

有一个与此相关、很久以前的故事，为了打发无聊的时间，就这样说上几句吧。

在乡下看起来还算有点儿身份的乡绅，第一次来汉城观光回去后，用刚学了没几天的汉城腔笨拙地说话，用双手比画着汉城的街景——从车站一出来就能看见古色苍苍的南大门，像是欢迎人一样横在前面。总督府房屋高大，昌庆苑[1]里有一百多种珍禽野兽，德寿宫的古宫殿让人心神激荡。和信百货店的电梯让人头脑嗡嗡响。本町的电灯亮起来如同白昼，人群像水一样涌过来。嗡嗡的电车来来往往……好像汉城是

1 今昌庆宫，在朝鲜日治时期被日本降格称为“昌庆苑”，用作动物园。——编者注

为他一个人建造般夸耀了一回，他所说的也并非虚言。那时，要是有个冒失鬼问道：

“南大门上的牌匾一定是名家的墨宝吧？”

他的回答简直可以称得上是杰作：“当然是名家手笔啊！南、大、门三个字[1]真真是写活了，简直像是在蠕动一样呢。”

对炫耀汉城见闻的这个人来说，这是理所当然的回答。如果问问这个人阿岘山岭的尽头有些什么？不——不要这么偏僻的地方——附近钟路胡同那里有些什么，他该多么难堪啊！

我把终点变为起点。

1 实际上，南大门牌匾上写的是“崇礼门”。——译者注我下车的地方是我的终点。因为我上车的地方是我的起点。在这短短的瞬间，我混入众人中间。我对他们来说只不过是一副皮囊。我没有向他们发扬人道主义的才干。因为我没办法衡量他们的欢乐、悲伤和疼痛。实在是茫然啊！人相见的次数多了，或见的人数多了，情感就很容易变得浅薄起来。越是这样就越是只顾自己奔忙了。

踩着信号，火车又呜呜地开动了。虽然不是去往故乡，但我的心却突然激动了起来。我们的火车慢慢地走着，若想喘口气，便在任意一个可以停靠的地方停车。不知为什么，每天总有一行行女子站在那里，每个人都抱着那种很常见的包袱。她们都是妙龄女子，看装扮不像是去工厂上班的工人。她们都文雅地站着，像在等火车，又像在等着评判的样子。但是轻妄地透过玻璃窗评判美人是不正确的。说不定皮相法则在这里也适用。看似透明却不能相信的就是玻璃。因为玻璃会恶作剧似的让脸变得扭曲，把额头变得狭窄，或者把鼻子变得像马鼻子那样长，把下巴变成贝壳一样。对判断者来说也许没有什么利害关系，但被判断的当事人却往往没有那么幸运。无论多透明，还是得剥去所有的表象才能得出正确的结论。

随后等在面前的是张着嘴的隧道。在街道正中间还有不是地铁的隧道，这是多么让人悲伤的事啊！隧道像是人类历史上的黑暗时期，是人生旅途苦闷的象征。车轮的响声会突然嘈杂起来，令人作呕的恶劣气味也扑面而来。但是不久，我们就会拥有光明的天地。

驶出隧道后，就可以看到在复线工程中奔走的劳动者们。早晨乘第一班车出来时，就看到他们在干活儿，晚上末班车回来时，他们依然在干活儿。我无法知道他们从什么时候开始，又到什么时候结束。他们是建设的使徒，不吝惜自己的汗和血。

他们推着沉重的轨道车，心却向往着遥远的地方。在轨道车的牌子上笨拙地写着“新京方向”“北京方向”或“南京方向”。他们不能乘着车去，只能推着车去。他们的心情可以想象。这样是不能安慰这些苦力的，可是又有谁能来主持这个公道呢?

现在，我又要改变终点和起点了。我想在我乘坐的火车上，也写上“新京方向”“北京方向”或“南京方向”，甚至想挂上“环球方向”的牌子。不，比起这些，如果我有真正的故乡，我想挂上“故乡方向”的牌子。如果以后能有可以到达的“时代”的车站，那就更好了。

大约写于 1939 年

尹东柱大事年表

1917年12月30日	出生于中国吉林省和龙县明东村（今龙井市智新镇明东村），小名海焕，是家中长子，父亲是尹永锡，母亲是金勇。
1925年4月4日	入读明东小学，同级同学中有堂兄宋梦奎、堂叔尹永善、表兄金祯宇和文益焕。
1927年	在读明东小学五年级时，和同班同学一起创办了《新明东》杂志。

1931年3月15日

从明东小学毕业，学校给当时的 14 名毕业生赠送了金东焕的诗集《国境之夜》。随后与宋梦奎和金祯宇一起升入大砬子汉族小学初中部，并在那里学习了一年。

1932年4月

与宋梦奎和文益焕一起进入距离明东村 10 公里的龙井市基督教学校恩真中学。这一年，尹东柱全家迁居龙井。

1934年12月24日

写下《一支烛》《生与死》和《没有明天》三篇诗作，这是现今能够找到的最早的诗作。自此之后，他都会在他的诗作中注明日期。

1935年

9 月 1 日，在恩真中学读完四年级的第一学期后，转学至平壤崇实中学读三年级的第二学期。

10 月，他的诗作《空想》(공상) 发表于崇实中学基督教青年会文艺部的杂志《崇实活泉》第 15 期，这也是他的诗歌首次付印刊发。

1936年

3月，崇实中学师生因拒绝参拜神社而被日本殖民统治当局封校，尹东柱退学回到家乡龙井，并转入光明中学，读五年级。

11—12月，以“尹东柱”之名在延吉出版的《天主教少年》上发表了《鸡》(병아리，11月)和《扫帚》(빗자루，12月)。

1937年

先后用“尹东柱”这个名字在《天主教少年》一月号和三月号发表《尿图》(오줌싸개지도)、《靠吃什么维持生命》(무얼먹고사나)，在十月号上另以“尹童

舟”的笔名发表《谎言》(거짓부리) 一诗，这也是他第一次使用这一笔名。

8 月，因为买不到仅印发 100 册的《白石诗集：鹿》(백석 시집 : 사슴)，便自己动手抄写收藏。

9 月，尹东柱和父亲尹永锡就尹东柱未来的职业选择产生分歧，尹东柱想学文，而他父亲则希望他能去学医。但在祖父尹河贤的劝解下，父亲最终让步，允许他继续读文学。这期间，他品读了《永朗诗集》(영랑시집)。

1938年

2 月 17 日，从光明中学五年级毕业。

4 月 9 日，进入汉城延禧专门学校文科院就读，并开始了校园寄宿生活。

在延禧专门学校就读期间，尹东柱曾师从文学大家崔铉培、李扬河学习朝鲜语和英文诗。

1939年

1 月 23 日、2 月 6 日 和 10 月 17 日，以尹东柱或东柱之名，先后在《朝鲜日报》的“学生栏”分别发表散文《射月》(달

을 쏘다)、诗歌《遗言》(유언)和《自画像》(아우의 印象畫)。

3 月，以尹东柱之名在《少年》杂志发表《山的回声》(산울림)。

在这一年，他结识了刚进入延禧专门学校的新生郑炳昱(1922—1982)，两人常一起去梨花女子专门学校的协成教会上英语圣经班，学习英文。

差不多在这个时候，他阅读了里尔克、瓦雷里、纪德等作家的作品，并自学法语。

1941年

5 月，与郑炳昱一起离开宿舍，寄宿在他偶然结识的小说家金松先生的住所。

6 月 5 日，在延禧专门学校文学院发行的《文友》杂志上发表《自画像》和《新路》(새로운 길) 两篇诗作。

9 月，由于日本警察严密监视金松先生及其学生，要求搜检，尹东柱和郑炳昱便离开金松先生家，搬到北亚贤洞一家专门的寄宿宿舍。这期间，他喜欢上了徐廷柱的《花蛇集》(화사집)。

12 月 27 日，由于战时学制缩短，尹东柱提前三个月从延禧专门学校毕业，他将自己的 19 首诗作汇编成《天、风、星星与诗》，并打算限量出版 77 册，以此作为毕业纪念。但当时世态黑暗丑陋，他身边的亲友多有担心，最终出版诗集的想法未果。尽管如此，他还是将这本自选诗集抄写三册，将其中两本分别赠予恩师李扬河和郑炳昱。

最初，这本诗集起名为“医院”，意指治愈病态社会之所，但是在写完《序诗》之后，便改了诗集的名字。

这一年，尹东柱为了办理赴日留学的手续，被迫改姓“平沼”。

1942年

1 月 24 日，写下《忏悔录》(참회록)，这是他在留日之前完成的最后一篇诗作。

4 月 2 日，进入东京立教大学文学部英文系预科班。

4—6 月，完成《容易写成的诗》等五首诗歌，并将其寄给了远在汉城的朋友。这也是现今能够读到的他的最后诗作。

暑假，他最后一次回到家乡龙井。他曾嘱咐自己弟弟、妹妹:“要尽可能多地收集、购买朝鲜文印刷品，哪怕是乐谱也不要错过，因为很快就再也见不到朝鲜文的印刷品了。”

10 月，转到京都同志社大学英语文学系。

1943年

7 月 14 日，暑假准备回家的尹东柱因涉嫌讨论“独立运动”的指控被捕，他的书籍、诗作以及日记全被没收。

堂叔尹永春去京都探望他，见到一名日本警察和他坐在一起，将其作品和日记翻译成日语。

1944年

3 月 31 日，尹东柱因“独立运动”的罪名，被京都地方裁判所判处两年有期徒刑，关押在日本九州的福冈监狱。

1945年

2 月 16 日，尹东柱死于九州福冈监狱。遗体火化后，骨灰被带回家乡，于 3 月 6 日葬于龙井东山教会墓地。在葬礼上，亲友朗诵了他在《文友》杂志上发表的诗歌《自画像》和《新路》。

写在后面

翻译作品，这是我人生第一次，也将是最后一次。在此之前，我并不知道我还会成为某种语言的译者。

我译他的诗，是因为千百年来，伟大的诗人通常都是一样的境遇：他们生前默默无闻，死后才大放异彩。

我译他的诗，是因为我知道他是个安静、羞怯的小男孩，胆小到连马都害怕，看到兔子死了都会伤心哭泣。

我译他的诗，是因为他也爱足球，爱诗歌，爱小动物。他的诗歌里没有怨念和仇恨。他生活在那么残酷、污浊的年代，却写出那么美好、干净的诗句。

我译他的诗，是因为在那个年代，他还不能用自己民族的语言写诗，也不能把它大声地朗诵出来。

我译他的诗，是因为我看到过日本京都地方审判所对“平沼东柱”的判决书，因思想判处他有罪。这份对伟大诗人的判决，是那个时代永远无法洗涤的罪恶和耻辱。

我译他的诗，是因为他有一个和他一样才华横溢的表哥——宋梦奎。他们出生在同一间屋子里，生日相差五十天；他们一起长大、一起上学、一起写诗、一起留学，又因同一罪名被捕，关押在日本福冈刑务所；最后被同时注射一种不明液体而离世。他们生在一起，死在一起，葬在一起。

我译他的诗，是因为他的墓碑本来是尹氏家族给他在世的爷爷留的，后来却刻上了他的名字。

我译他的诗，是因为这个年轻人还没有尝试爱情，就已经失去了生命。

我译他的诗，是因为他的墓碑上用汉字写着“诗人尹东柱之墓”。所以我要把他的诗，翻译成和他的碑文相同的语言。

我译他的诗，是因为他在临终前用日本看守听不懂的语言大声呼喊。我想知道他在最后一刻，对这个世界呼喊了什么。

我译他的诗，是因为我的母亲也读过他的诗。在那个寒冷地方的老屋里，他的诗和母亲温暖的声音让我永生难忘。

我译他的诗，是因为日本早稻田大学的大村益夫教授，在

1985 年来到延边大学任外教。他和师生们一起去东山无数次寻找尹东柱的墓地。半年后，终于在荒草中找到并修缮了它。老人家今年已经八十五岁了，现在生活在日本。我希望新冠疫情过后能把这本中文版诗集亲手交给他。

我译他的诗，是因为在日本，在福冈，在他死去的地方，大学生们每个月都举办一次尹东柱诗歌朗诵会。

我译他的诗，是因为诗人是无国界的。他被定义为中国诗人、朝鲜诗人或韩国海外诗人，这些都不重要。重要的是他表达的对这个世界的美好向往和善意。

我译他的诗，是因为太阳每天都从东方升起，再腐朽的黄昏，也有辉煌的落日隐藏在雾霾后面。

我译他的诗，是因为人类还没有放弃贪婪，还没有学会用慈悲的方式对待生命。

我译他的诗，是因为金斯伯格说过：皇帝不可能永远戴着皇冠！而诗人会。

全勇先

2020 年 11 月 24 日于北京

译者简介

全勇先｜著名作家、诗人、编剧。代表作有长篇小说《独身者》，中短篇小说集《昭和十八年》，电视剧本《悬崖》《母亲》《岁月》《雪狼》，以及电影剧本《悬崖之上》等。

全明兰｜毕业于中央民族大学汉语言文学系。从事新闻编辑和地方志编纂工作多年。

FONGHONG
凤凰联动出品